'어제보다 나은 나'를
만드는 시간

내 몸
일 기

FIKA

BEFORE
YOU
START

이름 :

내 몸 일기, 왜 쓰기로 결심했나요?

90일 뒤, 내 모습이 어떻게 달라지기를 바라나요?

내 몸 일기, 시작한 날짜

년   월   일

프롤로그.

오늘도 인터넷에 떠도는 '누가 성공한 OO 다이어트 비결'을 보며 무분별하게 따라 하고 있나요?
아주 짧은 기간에 많은 체중을 감량했다는 인터넷 글을 읽고 동공이 커졌나요?
한 번 이상의 다이어트 실패 경험이 있나요?

"네."라고 대답했어도 실망하지 마세요. 내 몸 일기와 함께라면, 조만간 "아니오!"라는 답을 하게 될 테니까요.
모든 사람의 눈, 코, 입 모양이 각기 다른 것처럼 다이어트 방법도 달라야 합니다.

우리가 갖고 있는 유전적, 생물학적인 특질은 나만이 갖고 있는 고유한 것입니다. 그러니 누군가에게는 매우 효과가 좋았던 방법이 나에게는 적합하지 않거나, 효과가 미미할 수 있어요. 전문가도 아닌데, 내 몸에 딱 맞는 방법을 어떻게 찾아야 할지 막막하다고요? 걱정 마세요. 이제부터 그 방법을 알려드릴 테니까요.

나만을 위한 다이어트 방법을 알기 위해서는 먼저 '나'를 아는 것이 중요해요. 하지만 무분별한 정보의 홍수 속에서 바쁘게 사는 우리에겐 나를 돌아볼 기회가 부족해요. 지금껏 외부 환경에 치여 나를 돌아보지 못했다면, 이제 내 몸 일기로 그간 몰랐던 나에 대해 알아보세요.

잘하지 않아도 돼요. 기록하는 것만으로도 앞으로 나아갈 테니까요. 하루하루 기록하다 보면 내가 몰랐던 나를 발견하고, 나에게 맞는 다이어트 방법을 찾게 될 거예요. 그러면 지속할 수 있는 건강한 다이어트 습관도 갖게 될 거예요.

자, 이제 내 몸 일기와 함께 몰랐던 나를 찾는 시간,
건강한 몸과 마음을 찾는 여정을 시작해볼까요?

먹을수록 건강해지는
음식습관 만들기

굿바이 체지방, 건강한 지방 섭취하기

지방은 피부와 장기를 보호하고 우리가 움직이고, 운동하고, 생각할 수 있도록 에너지를 공급해줘요. 이처럼 중요한 역할을 하기 때문에 우리 몸은 지방 섭취가 줄어들면 지방을 더 저장하려고 해요. 수입이 줄면 지출을 줄이고 통장에 비상금을 꽁꽁 쌓아두는 것처럼 우리 몸도 적절한 지방을 섭취해주지 않으면 몸 안에 있는 지방을 비축하는 거지요. 나쁜 지방, 남는 지방은 건강에 해롭지만 건강한 지방 섭취는 우리 몸을 지켜주는 파수꾼과도 같답니다. 매일, 손바닥에 담길 정도의 견과류나 식물성 오일, 생선껍질 등 건강한 지방을 섭취하는 습관을 가져보세요.

식욕까지 낮춰주는 매일 아침 달걀 1개의 기적

아침식사를 하면 공복 시간이 줄어 자연스럽게 식사량을 조절할 수 있어요. 하지만 1분 1초가 아쉬운 아침에 제대로 된 식사를 하기는 너무 어렵죠? 그럴 땐 아침에 달걀 1개를 섭취해보세요. 아침에 단백질을 섭취하면 포만감이 상승해 자연스럽게 하루 섭취 열량도 낮출 수 있어요. 집을 나서기 전이나 사무실에 도착해서 간단히 달걀 1개를 먹는 습관을 들이면 식욕까지 줄어드는 놀라운 기적을 경험하게 될 거예요.

가짜 공복감은 가라, 물 한 잔의 습관

우리 몸은 갈증과 배고픔을 정확하게 구분하지 못해요. 수분이 부족하면 배고픔을 느낄 수 있어요. 이를 '가짜 배고픔'이라고 불러요. 이럴 땐 물 한 잔 마시는 습관을 만드세요. 그러면 허기를 다스릴 수 있어요. 같은 원리로 식사하기 20분 전에 물 한 컵을 마시면 과식을 예방할 수 있어요. 단, 식사 중 물 섭취는 소화액을 희석시켜 소화기능을 떨어뜨릴 수 있으니, 물은 꼭 식사하기 전에 마시는 게 좋아요!

귀차니즘과 작별하는
운동습관 만들기

하루 10분으로 만드는 운동습관

반짝 하고 마는 운동이 아니라 운동이 습관이 되려면 하루 10분으로 시작해 조금씩 늘리는 것이 좋아요. 바로 효과를 보려는 욕심에 처음부터 몇 시간씩 운동하기보다는 10분 내외의 짧은 시간 동안, 대신 꾸준히 운동해보세요. "10분으로 운동 효과가 있을까?"라는 의문이 들겠지만, 운동을 처음 하거나 오랜만에 하는 분들에게는 10분도 나를 바꾸기엔 충분한 시간이 될 수 있어요. 10분으로 시작해서 15분, 20분 등 조금씩 운동 시간을 늘려보세요.

양보다 질, 효과적이고 효율적인 운동 강도

운동 효과는 양보다는 질이 중요해요. 운동의 질은 다른 말로 '강도'로 표현해요. 짧은 시간의 강도 높은 운동이, 긴 시간의 강도 낮은 운동보다 효과적이에요. 말 한마디 하기 어려울 정도의 숨이 차는 강도나 내 최대심박수의 60~80% 정도의 강도로 운동하는 것이 중요해요. 아래의 공식으로 나의 적정 운동 심박수를 찾아보세요.

최대심박수의 60~80% 적정 강도(I) 설정방법

최대심박수(A) = 220-나이
I=A×0.6~0.8

예) 나이가 30세인 여성의 적정 운동 심박수는?
(220-30)×0.6~0.8 = 114~152

운동 후에도 칼로리가 소비되는 근력 운동

애프터번 이펙트(afterburn effect)라고 들어봤나요? 애프터번 이펙트는 운동 후에도 칼로리를 계속 태운다는 뜻이에요. 무산소 운동이라고도 하는 근력 운동은 운동 중에는 근육에 빠르게 에너지를 공급하기 위해 산소를 거의 사용하지 않아요. 운동이 끝나고 난 뒤에야 부족했던 산소를 채우기 위해 추가로 열량을 소비하는데, 이를 애프터번 이펙트라고 불러요. 유산소 운동보다 근력 운동인 무산소 운동을 했을 때 애프터번 이펙트가 많이 나타나요. 운동하지 않는 시간에도 지방을 태우고 싶다면 근력 운동 위주로 운동해보세요.

건강은 필수 행복은 덤,
인생도 성형하는
생활습관 만들기

자면서도 살을 빼는 건강한 수면습관

잠만 잘 자도 다이어트에 도움이 된다는 사실, 알고 있나요? 권장 수면 시간인 7시간을 기준으로 이보다 수면 시간이 부족하면 다음 날 식욕촉진 호르몬(그렐린)의 분비가 증가해서 식사량이 늘어나요. 내 수면 시간을 점검하고 적어도 하루에 7시간은 자는 습관을 들여보세요.

뱃살, 옆구리살을 예방하는 스트레칭

장시간 앉아 있을수록 복부와 골반 부위의 지방도 축적돼요. 지방의 중요한 기능 중 하나가 우리 몸의 주요 장기를 보호하는 것이어서 별다른 활동 없이 오래 앉아 있으면 지방은 에너지로 소비되지 않고, 주요 장기가 모여 있는 복부와 골반 쪽으로 축적되거든요. 그러니 적어도 1시간에 한 번씩은 자리에서 일어나 스트레칭을 하거나 물 한 잔 마시면서 가볍게 몸을 움직이는 습관을 만들어보세요.

가만히 있어도 열량은 소비됩니다, 단, 바른 자세로

바른 자세를 유지하는 것만으로도 근육의 활동을 촉진하여 꾸준히 열량을 소비할 수 있어요. 우리가 앉아 있고 서 있고 걸을 수 있는 것은 모두 근육의 활동 덕분이에요. 근육의 활동은 열량을 소비하고요. 그러니 앉아 있더라도 구부정하게 앉아 있기보다는 복부와 등에 가볍게 힘을 주고 바른 자세로 앉으려는 습관을 가져보세요. 상체 근육이 활성화되어 열량을 더 소비하게 될 거예요.

30년이 달라지는
마음습관 만들기

지금 필요한 건 결과보다 과정에 집중하는 습관

올바른 방향으로 나아가기 위해서는 목표 설정이 매우 중요합니다. 하지만 목표에만 매몰하면 과정은 단순히 목표를 이루기 위한 수단으로 치부되기 쉽습니다. 그러면 과정은 목표를 위해 참고, 견뎌야 하는 힘든 일이 되어버립니다. 참고 견디는 다이어트로 부정적인 경험이 쌓이면 좋은 결과를 얻기 힘듭니다. 땀 흘리며 운동하는 지금, 건강한 식사를 하려고 노력하는 지금에 온전히 집중해보세요. 이 과정을 건강한 습관을 만드는 긍정적인 경험이라고 생각해보세요. 긍정적인 경험이 쌓이면 나도 모르는 사이에 건강한 습관이 내 생활의 일부가 되어 있을 거예요.

궁극적인 목표는 '누구처럼'이 아니라,
'어제의 나보다' 건강한 나

과정에 온전히 집중하다 보면 '어제보다 건강한 나', '어제보다 가벼운 나'를 만나게 될 거예요. 그렇게 하루하루 변해가는 내 모습을 즐기세요. 사람마다 생김새가 다르듯이 체형 또한 달라요. 골반, 어깨너비, 다리 길이, 심지어 갈비뼈의 모양까지 달라서 나는 다른 사람이 될 수 없어요. 하지만 어제보다 나은 나는 될 수 있어요. '누구처럼'이 아니라 과거의 나와 달라질 '미래의 나'를 목표로 하세요. 다이어트는 누구와의 경쟁이 아니라 나 자신과의 약속이니까요.

얼마나 빼느냐보다 더 중요한 어떻게 오래 유지할 것인가

과도한 목표 설정은 실패 확률을 높이고, 성공한다 하더라도 요요를 겪을 가능성이 높습니다. 요요현상을 겪지 않고 건강하게 다이어트를 하려면 일주일에 자기 체중의 1% 정도 감량을 목표로 하는 것이 좋습니다. 예를 들어 체중이 70kg인 사람은 일주일에 700g, 한 달 기준 약 3kg 감량을 목표로 삼는 게 적절해요.

❊ 내 몸 일기 사용 설명서

오늘 활동

일과 중 내 몸을 위해 한 활동들을 모두 적어보세요. 가까운 거리는 택시나 버스를 이용하지 않고 걸었거나, 짬을 내서 산책을 했거나, 공부하거나 일하는 동안 바른 자세를 유지하려고 애쓴 것 등 무엇이든 좋아요.

오늘 운동

내 몸을 위해 시간을 내서 운동한 것들을 꼼꼼히 기록해보세요. 매일 하는 수영이나 요가, 헬스, 혹은 집에서 영상이나 책을 보며 따라 하는 스트레칭이나 홈트레이닝 등 운동 리스트를 꾸준히 적다 보면 다이어트 성과는 물론 성취감도 쑥 올라갈 거예요.

오늘 식단

내 몸에 들어가는 음식만큼 중요한 게 또 있을까요? 아침, 점심, 저녁, 그리고 중간에 섭취하는 간식이나 음료, 야식도 기록해보세요. 먹은 것과 몸 컨디션을 하나하나 기록하다 보면, 내 몸이 좋아하는 음식과 싫어하는 음식을 알게 될 거예요.

오늘 내가 잘한 일!

잘한 일은 아낌없이 칭찬해주세요! 채찍질만 하면 의욕을 잃기 쉬워요. 어제보다 나은 점이 하나라도 있었다면 잊지 말고 꼭 적어보세요. 그리고 마음껏 격려하고 칭찬해주세요.

좀 더 노력하자!

물론 오늘 하루를 되돌아보는 일도 빼놓을 수 없겠죠. 할 수 있었는데 하지 못한 일, 더 잘할 수 있었는데 그러지 못해 아쉬운 점 등을 떠올리고 각오도 다져보세요! 하나하나 되돌아보며 기록하고 내일의 나를 위한 목표를 세우다 보면 점점 더 멋진 내가 되어가는 걸 발견하게 될 거예요.

내 몸 일기, 이렇게 쓰세요

날짜. 2021년 7월 28일   **컨디션.**

잠든 시간. 오후 11시 30분   **일어난 시간.** 오전 6시 30분   **총 수면 시간.** 7시간

목표_운동. 자기 전 코어 운동 꼭꼭!!   **목표_음식.** 저녁은 간단하게 샐러드!!

오늘 활동

버스 정거장까지 빠른 걸음으로 걷기 15분(퇴근은 택시 이용 ㅜㅜ)

의자에 앉아 있는 동안

바른 자세 유지하려고 무지 노력함!(뿌듯뿌듯)

오늘 운동

수영 50분

점심시간에 스트레칭 10분

자기 전 코어 25분!

오늘 식단

- **아침** 사과 반 개, 두유 한 컵

- **점심** 고등어구이 백반, 아메리카노 한 잔

- **저녁** 닭가슴살 샐러드, 고구마 한 개

- **간식** 요거트, 견과 1봉

물(1컵, 300ml) ⊔⊔⊔⊔⊔⊔⊔   **영양제** ϴϴϴϴϴ   **쾌변** | 회

오늘 내가 잘한 일! 아침, 점심, 저녁 식단 잘 지켰다!!

샐러드에 드레싱 듬뿍 뿌려 먹고 싶었지만, 절반만 넣었음.

뿌듯뿌듯~ 쓰담쓰담~ 잘했어!

좀 더 노력하자! 퇴근할 때 넘 피곤해서 택시 이용함 _ _ ;;

점심시간에 스트레칭하고 빠른 걸음으로 근처 산책도 할 계획이었는데 못 함. ;;

아쉽지만, 그래도 이 정도면 잘하고 있는 듯! 내일도 아자자~!!

※ 목표 세우기!

	Weight	Size		
현재		허리 :	허벅지 :	팔 :

	Weight	Size		
30일 차 목표		허리 :	허벅지 :	팔 :

	Weight	Size		
90일 차 목표		허리 :	허벅지 :	팔 :

※ 건강한 '내 몸 습관'을 위해 다짐합니다!

내 몸을 위한
습관 만들기

음식

내 몸을 위한
습관 만들기

운동

내 몸을 위한
습관 만들기

생활

STEP 1.

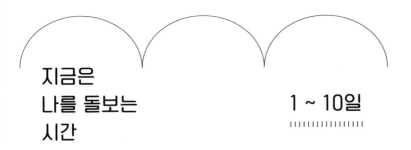

지금은
나를 돌보는
시간

1 ~ 10일
||||||||||||||||

지금껏 자신은 돌보지 못한 당신,
이제 나에게 시선을 돌려보세요.
내 하루를 차분히 기록해보는 거예요.
온전히 나에게만 집중하는 시간,
어제보다 나은 나, 새롭고 가벼워진 나를
만나러 가는 여정을 시작해보세요.

모든 일은 마음먹고 시작하기까지가 어렵죠?
그런데 이 어려운 일을 시작했어요. 짝짝짝! 오늘은 이것으로 충분해요.

날짜.   컨디션. ☺ 😐 ☹

잠든 시간.   일어난 시간.   총 수면 시간.

목표_운동.   목표_음식.

오늘
활동

오늘
운동

오늘   ◦ 아침
식단
            ◦ 점심

            ◦ 저녁

            ◦ 간식

물(1컵, 300ml) ∪∪∪∪∪∪∪   영양제 ⊖⊖⊖⊖⊖   쾌변   회

오늘 내가 잘한 일!

좀 더 노력하자!

2일 차

기록이 주는 효과는 엄청나요.
아직 기록하는 것이 어색하겠지만, 양식에 구애받지 말고 편하게 기록해보세요.

날짜.

컨디션.

잠든 시간.   일어난 시간.   총 수면 시간.

목표_운동.   목표_음식.

오늘
활동

오늘
운동

오늘
식단

◦ 아침

◦ 점심

◦ 저녁

◦ 간식

물(1컵, 300ml) ⊔⊔⊔⊔⊔⊔⊔   영양제 ⊖⊖⊖⊖⊖   쾌변   회

오늘 내가 잘한 일!

좀 더 노력하자!

3일 차 작심삼일을 지나고 있어요.
3일 이상 무언가 반복하면 그것을 오랫동안 지속할 확률이 높아진다고 해요!

날짜.   컨디션. ☺ ☻ ☹

잠든 시간.   일어난 시간.   총 수면 시간.

목표_운동.   목표_음식.

오늘
활동

오늘
운동

오늘   아침
식단
         점심

         저녁

         간식

         물(1컵, 300ml) ∪∪∪∪∪∪∪   영양제 ○○○○○   쾌변   회

오늘 내가 잘한 일!

좀 더 노력하자!

작심삼일을 이겨내고 나니,
이제 기록하는 것이 조금 익숙해지고 있죠?

날짜.   컨디션. ☺ ☺ ☹

잠든 시간.   일어난 시간.   총 수면 시간.

목표_운동.   목표_음식.

오늘
활동

오늘
운동

오늘   아침
식단
              점심

              저녁

              간식

              물(1컵, 300ml) ∪∪∪∪∪∪∪   영양제 ⊖⊖⊖⊖⊖   쾌변   회

오늘 내가 잘한 일!

좀 더 노력하자!

5일차

온전히 나를 위한 시간,
지금 이 순간에 집중해보세요.

날짜.

컨디션. ☺ ☺ ☹

잠든 시간.

일어난 시간.

총 수면 시간.

목표_운동.

목표_음식.

오늘
활동

오늘
운동

오늘
식단

◦ 아침

◦ 점심

◦ 저녁

◦ 간식

물(1컵, 300ml) ⊔ ⊔ ⊔ ⊔ ⊔ ⊔ ⊔   영양제 ⊖ ⊖ ⊖ ⊖ ⊖   쾌변   회

오늘 내가 잘한 일!

좀 더 노력하자!

오늘 하루 중 이 시간이
가장 소중하고 귀한 시간일 거예요.

날짜.

컨디션. ☺ ☺ ☹

잠든 시간.   일어난 시간.   총 수면 시간.

목표_운동.   목표_음식.

오늘
활동

오늘
운동

오늘
식단
　　　　· 아침

　　　　· 점심

　　　　· 저녁

　　　　· 간식

　　　　물(1컵, 300ml) ⊔ ⊔ ⊔ ⊔ ⊔ ⊔ ⊔   영양제 ⊖ ⊖ ⊖ ⊖ ⊖   쾌변   회

오늘 내가 잘한 일!

좀 더 노력하자!

7일차

오늘로 꼭 일주일,
기록이 쌓일수록 몸은 더 가벼워지고 건강해질 거예요.

날짜.

컨디션. ☺ ☺ ☹

잠든 시간.　　　　　　일어난 시간.　　　　　　총 수면 시간.

목표_운동.　　　　　　목표_음식.

오늘
활동

오늘
운동

오늘
식단　　아침

　　　　점심

　　　　저녁

　　　　간식

　　　　물(1컵, 300ml) ∪∪∪∪∪∪∪　영양제 ⊖⊖⊖⊖⊖　쾌변　　　회

오늘 내가 잘한 일!

좀 더 노력하자!

괜찮아요,
과정이 만족스러우면 좋은 결과도 따라오니까요!

날짜.   컨디션. 🙂 😐 😣

잠든 시간.   일어난 시간.   총 수면 시간.

목표_운동.   목표_음식.

오늘
활동

오늘
운동

오늘   아침
식단
              점심

              저녁

              간식

물(1컵, 300ml) ⊔ ⊔ ⊔ ⊔ ⊔ ⊔ ⊔   영양제 ⊖ ⊖ ⊖ ⊖ ⊖   쾌변   회

오늘 내가 잘한 일!

좀 더 노력하자!

9일 차 9일째 내 몸 일기를 적고 있는 당신,
오늘도 자신을 위한 인생 최고의 선물을 주었어요.

날짜.

컨디션. ☺ ☺ ☹

잠든 시간.

일어난 시간.

총 수면 시간.

목표_운동.

목표_음식.

오늘
활동

오늘
운동

오늘
식단

◦ 아침

◦ 점심

◦ 저녁

◦ 간식

물(1컵, 300ml) ∪∪∪∪∪∪∪

영양제 ⊖⊖⊖⊖⊖

쾌변

회

오늘 내가 잘한 일!

좀 더 노력하자!

짝짝짝! 온전히 나에게만 집중한 10일, 어때요?
뿌듯하고 기특하지 않나요? 이제 진짜 나를 찾는 시간을 가져볼까요?

날짜.   컨디션. 😊 😐 😖

잠든 시간.   일어난 시간.   총 수면 시간.

목표_운동.   목표_음식.

오늘
활동

오늘
운동

오늘   ● 아침
식단
              ● 점심

              ● 저녁

              ● 간식

              물(1컵, 300ml) ⊔⊔⊔⊔⊔⊔⊔   영양제 ⊖⊖⊖⊖⊖   쾌변   회

오늘 내가 잘한 일!

좀 더 노력하자!

HABIT
CHECK

10일 뒤

※ 나에게 시선을 돌린 첫 시작을 잘 마무리한 당신, 칭찬합니다.

	Weight	Size		
10일 전		허리 :	허벅지 :	팔 :

	Weight	Size		
현재		허리 :	허벅지 :	팔 :

첫 10일 동안 나를 기록하면서 느낀 점을 적어보세요.

첫 10일을 멋지게 해낸 나를 칭찬해보세요.

Step2를 맞이하는 나에게 응원의 글을 적어보세요.

STEP 2.

몰랐던
나를 발견하는
시간

11 ~ 30일

나에 대해서 얼마나 알고 있나요?
나를 안다는 것은 제법 어려운 일이에요.
하지만 내 몸 일기와 함께라면
이 여정도 해낼 거예요.
기록하다 보면 나도 몰랐던 내 모습을
마법처럼 발견하게 될 테니까요.

11일차

이제부터는 몰랐던 나를 서서히 알아가는 시간이에요!
쌓여가는 기록들을 천천히 돌아보며 나에 대해서 알아가요.

날짜.

컨디션. ☺ ☺ ☹

잠든 시간.

일어난 시간.

총 수면 시간.

목표_운동.

목표_음식.

오늘
활동

오늘
운동

오늘
식단

◦ 아침

◦ 점심

◦ 저녁

◦ 간식

물(1컵, 300ml) ⊔⊔⊔⊔⊔⊔⊔   영양제 ⊖⊖⊖⊖⊖   쾌변   회

오늘 내가 잘한 일!

좀 더 노력하자!

2일 차

기록할수록 내가 가진 음식, 생활, 운동습관이
한눈에 들어오기 시작할 거예요.

날짜.   컨디션. ☺ ☺ ☹

잠든 시간.   일어난 시간.   총 수면 시간.

목표_운동.   목표_음식.

오늘
활동

오늘
운동

오늘   ◦ 아침
식단
             ◦ 점심

             ◦ 저녁

             ◦ 간식

             물(1컵, 300ml) ⋃⋃⋃⋃⋃⋃⋃   영양제 ⊖⊖⊖⊖⊖   쾌변   회

오늘 내가 잘한 일!

좀 더 노력하자!

13일 차 하루 동안 먹은 것, 활동한 것, 운동한 것을
편하게, 가감 없이 적어보세요!

날짜.

컨디션. ☺ ☹ ☹

잠든 시간.　　　　　　　일어난 시간.　　　　　　　총 수면 시간.

목표_운동.　　　　　　　　목표_음식.

오늘
활동

오늘
운동

오늘
식단

아침

점심

저녁

간식

물(1컵, 300ml) ⊔⊔⊔⊔⊔⊔⊔　　영양제 ⊖⊖⊖⊖⊖　　쾌변　　　　회

오늘 내가 잘한 일!

좀 더 노력하자!

오늘로 2주, 어느새 기록하는 게 습관이 된 내 모습이 보이나요?
건강한 습관 하나를 장착하게 된 당신, 진심으로 축하해요!

날짜.   컨디션. ☺ ☺ ☹

잠든 시간.   일어난 시간.   총 수면 시간.

목표_운동.   목표_음식.

오늘
활동

오늘
운동

오늘   아침
식단
            점심

            저녁

            간식

            물(1컵, 300ml) ⊔ ⊔ ⊔ ⊔ ⊔ ⊔ ⊔   영양제 ᕦᕦᕦᕦᕦ   쾌변   회

오늘 내가 잘한 일!

좀 더 노력하자!

15일 차

오늘도 나에게 아낌없는 응원과 칭찬을 보내주세요!
적는 만큼 진짜 내 모습이 보이고, 다이어트 성공에도 성큼 다가설 수 있어요!

날짜.   컨디션. ☺ ☺ ☹

잠든 시간.   일어난 시간.   총 수면 시간.

목표_운동.   목표_음식.

오늘
활동

오늘
운동

오늘   ◦ 아침
식단
          ◦ 점심

          ◦ 저녁

          ◦ 간식

          물(1컵, 300ml) ⊔⊔⊔⊔⊔⊔⊔   영양제 ⊖⊖⊖⊖⊖   쾌변   회

오늘 내가 잘한 일!

좀 더 노력하자!

'내가 물을 잘 안 마시는구나, 자기 전에 과일을 자주 먹네, 생각보다 하루에 걷는 시간이 얼마 안 되네.'
어때요? 잘 몰랐던 일상 속 내 모습이 보이나요?

날짜.   컨디션. ☺ ☺ ☹

잠든 시간.   일어난 시간.   총 수면 시간.

목표_운동.   목표_음식.

오늘
활동

오늘
운동

오늘   ◦ 아침
식단
           ◦ 점심

           ◦ 저녁

           ◦ 간식

           물(1컵, 300ml) ⊔ ⊔ ⊔ ⊔ ⊔ ⊔ ⊔   영양제 ⊖ ⊖ ⊖ ⊖ ⊖   쾌변   회

오늘 내가 잘한 일!

좀 더 노력하자!

17일 차

오늘도 내가 가진 일상 속 패턴들을 점검해봐요.
천 리 길도 한 걸음부터! 알죠?

날짜.   컨디션. ☺ ☺ ☹

잠든 시간.   일어난 시간.   총 수면 시간.

목표_운동.   목표_음식.

오늘
활동

오늘
운동

오늘   아침
식단
            점심

            저녁

            간식

            물(1컵, 300ml) ⊔⊔⊔⊔⊔⊔⊔   영양제 ⊖⊖⊖⊖⊖   쾌변   회

오늘 내가 잘한 일!

좀 더 노력하자!

이 시간이 어제보다 나은 오늘,
오늘보다 나은 내일을 만들어줄 거예요.

날짜.   컨디션. ☺ ☺ ☹

잠든 시간.   일어난 시간.   총 수면 시간.

목표_운동.   목표_음식.

오늘
활동

오늘
운동

오늘   아침
식단
            점심

            저녁

            간식

            물(1컵, 300ml) ∪ ∪ ∪ ∪ ∪ ∪ ∪   영양제 ⊖⊖⊖⊖⊖   쾌변   회

오늘 내가 잘한 일!

좀 더 노력하자!

날짜.   컨디션. ☺ ☺ ☹

잠든 시간.   일어난 시간.   총 수면 시간.

목표_운동.   목표_음식.

오늘
활동

오늘
운동

오늘   ◦ 아침
식단
          ◦ 점심

          ◦ 저녁

          ◦ 간식

          물(1컵, 300ml) ⊔⊔⊔⊔⊔⊔⊔   영양제 ⊖⊖⊖⊖⊖   쾌변   회

오늘 내가 잘한 일!

좀 더 노력하자!

0일 차

나를 잘 알아야 나를 '찐'으로 사랑할 수 있어요.
오늘도 한 걸음 더 가까이, 나에게 왔네요! ^^

날짜.

컨디션. ☺ ☺ ☹

잠든 시간.   일어난 시간.   총 수면 시간.

목표_운동.   목표_음식.

오늘
활동

오늘
운동

오늘   ○ 아침
식단
              ○ 점심

              ○ 저녁

              ○ 간식

물(1컵, 300ml) ⊔⊔⊔⊔⊔⊔⊔   영양제 ⊖⊖⊖⊖⊖   쾌변   회

오늘 내가 잘한 일!

좀 더 노력하자!

21일차 3주째 포기하지 않고 여기까지 온 당신,
그 의지가 새로운 나를 만들 거예요.

날짜.   컨디션. ☺ ☺ ☹

잠든 시간.   일어난 시간.   총 수면 시간.

목표_운동.   목표_음식.

오늘
활동

오늘
운동

오늘   아침
식단
        점심

        저녁

        간식

        물(1컵, 300ml) ∪ ∪ ∪ ∪ ∪ ∪ ∪   영양제 ⊖⊖⊖⊖⊖   쾌변   회

오늘 내가 잘한 일!

좀 더 노력하자!

생각처럼 되지 않아도 좌절 금지!
다이어트는 나와의 싸움이자 조급증과의 싸움이에요.

날짜.   컨디션. ☺ ☺ ☹

잠든 시간.   일어난 시간.   총 수면 시간.

목표_운동.   목표_음식.

오늘
활동

오늘
운동

오늘   아침
식단
          점심

          저녁

          간식

          물(1컵, 300ml) ∪ ∪ ∪ ∪ ∪ ∪ ∪   영양제 ⊖⊖⊖⊖⊖   쾌변   회

오늘 내가 잘한 일!

좀 더 노력하자!

23일 차

평소 즐겨 먹던 간식을 조금이라도 덜 먹고, 평소보다 물을 한 잔이라도 더 마시려고 노력했다면,
아낌없이 칭찬해주세요!

날짜.   컨디션. ☺ ☺ ☹

잠든 시간.   일어난 시간.   총 수면 시간.

목표_운동.   목표_음식.

오늘
활동

오늘
운동

오늘   · 아침
식단
        · 점심

        · 저녁

        · 간식

        물(1컵, 300ml) ∪ ∪ ∪ ∪ ∪ ∪ ∪   영양제 ⊖⊖⊖⊖⊖   쾌변   회

오늘 내가 잘한 일!

좀 더 노력하자!

4일 차

오늘은 구호 한번 외쳐볼까요!
"잘하고 있어. 파이팅!!"

날짜.

컨디션. ☺ ☺ ☹

잠든 시간.

일어난 시간.

총 수면 시간.

목표_운동.

목표_음식.

오늘
활동

오늘
운동

오늘
식단

- 아침

- 점심

- 저녁

- 간식

물(1컵, 300ml) ⊔ ⊔ ⊔ ⊔ ⊔ ⊔ ⊔   영양제 ⊖ ⊖ ⊖ ⊖ ⊖   쾌변   회

오늘 내가 잘한 일!

좀 더 노력하자!

25일 차

시간이 흘러서 변하는 건 없어요.
매일의 노력이 쌓여 변화가 생기죠!

날짜.   컨디션. ☺ ☺ ☹

잠든 시간.   일어난 시간.   총 수면 시간.

목표_운동.   목표_음식.

오늘
활동

오늘
운동

오늘   아침
식단
          점심

          저녁

          간식

          물(1컵, 300ml) ∪ ∪ ∪ ∪ ∪ ∪ ∪   영양제 ⊖ ⊖ ⊖ ⊖ ⊖   쾌변   회

오늘 내가 잘한 일!

좀 더 노력하자!

아무리 사소하더라도 나를 위해 노력한 게 있다면
스스로를 자랑스러워하세요.

날짜.   컨디션. ☺ ☺ ☹

잠든 시간.   일어난 시간.   총 수면 시간.

목표_운동.   목표_음식.

오늘
활동

오늘
운동

오늘   아침
식단
            점심

            저녁

            간식

            물(1컵, 300ml) ∪ ∪ ∪ ∪ ∪ ∪ ∪   영양제 ⊖⊖⊖⊖⊖   쾌변   회

오늘 내가 잘한 일!

좀 더 노력하자!

이제 조금씩 보이나요?
나도 모르게 반복했던 생활 속 습관들, 내 진짜 모습들.

날짜.

컨디션. ☺ ☺ ☹

잠든 시간.

일어난 시간.

총 수면 시간.

목표_운동.

목표_음식.

오늘
활동

오늘
운동

오늘
식단

· 아침

· 점심

· 저녁

· 간식

물(1컵, 300ml) ⊔⊔⊔⊔⊔⊔⊔   영양제 ⊖⊖⊖⊖⊖   쾌변   회

오늘 내가 잘한 일!

좀 더 노력하자!

나쁜 습관을 반복했던 나,
앞으로는 반복을 통해 좋은 습관을 만들어봐요!

날짜.   컨디션. ☺ 😐 ☹

잠든 시간.   일어난 시간.   총 수면 시간.

목표_운동.   목표_음식.

오늘
활동

오늘
운동

오늘   아침
식단
            점심

            저녁

            간식

            물(1컵, 300ml) ⊔⊔⊔⊔⊔⊔⊔   영양제 ⊖⊖⊖⊖⊖   쾌변   회

오늘 내가 잘한 일!

좀 더 노력하자!

29일 차

기록하며 내가 가진 습관과 진짜 나를 알았으니
이제 곧 구체적인 방법을 찾아볼 거예요.

날짜.   컨디션. ☺ ☺ ☹

잠든 시간.   일어난 시간.   총 수면 시간.

목표_운동.   목표_음식.

오늘
활동

오늘
운동

오늘   아침
식단
            점심

            저녁

            간식

            물(1컵, 300ml) ⊔⊔⊔⊔⊔⊔⊔   영양제 ⊖⊖⊖⊖⊖   쾌변   회

오늘 내가 잘한 일!

좀 더 노력하자!

축하해요. 짝짝짝! 30일 전의 나보다는 더 나은 내가 되었다는 사실 하나만으로도
당신은 축하받을 자격이 있어요!

날짜.   컨디션. ☺ ☺ ☹

잠든 시간.   일어난 시간.   총 수면 시간.

목표_운동.   목표_음식.

오늘
활동

오늘
운동

오늘   아침
식단
              점심

              저녁

              간식

              물(1컵, 300ml) ⎵⎵⎵⎵⎵⎵⎵   영양제 ⊖⊖⊖⊖⊖   쾌변   회

오늘 내가 잘한 일!

좀 더 노력하자!

HABIT
CHECK

30일 뒤

※ 나를 알아가는 즐거운 여정 보냈나요?

	Weight	Size		
30일 전		허리 :	허벅지 :	팔 :

	Weight	Size		
현재		허리 :	허벅지 :	팔 :

내 몸 일기를 통해 새롭게 알게 된 나의 모습을 적어보세요.

몰랐던 나의 모습을 알게 되었을 때 무엇을 느꼈나요.

Step3을 맞이하는 나에게 응원의 글을 적어보세요.

STEP 3.

내 몸에
꼭 맞는
다이어트 방법을
알아가는 시간

31 ~ 45일

모두에게 효과적인 다이어트 방법은 없어요.
내 몸에 꼭 맞는 최적의 다이어트 방법을 찾는 게 중요해요.
내가 가진 음식, 운동, 생활습관을 알았으니
이제 나만을 위한 다이어트 방법도 찾을 수 있어요.
그 답을 알아가는 설레는 여정을 경험해보세요.

31일 차 진짜 나를 알았으니, 이제 나만을 위한 다이어트 방법을 알아볼까요?
한 달 동안 나를 돌아보며 운동, 생활, 식습관 중에 어떤 것을 보완하면 좋을지 알아봐요!

날짜.   컨디션. ☺ ☺ ☹

잠든 시간.   일어난 시간.   총 수면 시간.

목표_운동.   목표_음식.

오늘
활동

오늘
운동

오늘
식단   · 아침

        · 점심

        · 저녁

        · 간식

        물(1컵, 300ml) ∪∪∪∪∪∪∪   영양제 ⊖⊖⊖⊖⊖   쾌변   회

오늘 내가 잘한 일!

좀 더 노력하자!

2일 차

하루 10분으로 시작해도 충분해요.
한두 번 반짝 하고 마는 운동보다 꾸준히, 매일 하는 게 더 중요해요.

날짜.   컨디션. ☺ ☺ ☹

잠든 시간.   일어난 시간.   총 수면 시간.

목표_운동.   목표_음식.

오늘
활동

오늘
운동

오늘   · 아침
식단
              · 점심

              · 저녁

              · 간식

              물(1컵, 300ml) ⊔⊔⊔⊔⊔⊔⊔   영양제 ⊖⊖⊖⊖⊖   쾌변   회

오늘 내가 잘한 일!

좀 더 노력하자!

33일 차

내게 맞는 운동, 자투리 시간을 활용한 활동, 내게 맞는 건강하고 가벼운 식단…
내 몸 일기가 나만의 다이어트 방법을 찾아줄 거예요.

날짜.   컨디션. 😊 😐 😖

잠든 시간.   일어난 시간.   총 수면 시간.

목표_운동.   목표_음식.

오늘
활동

오늘
운동

오늘   아침
식단
점심

저녁

간식

물(1컵, 300ml) ⊔ ⊔ ⊔ ⊔ ⊔ ⊔ ⊔   영양제 ⊖ ⊖ ⊖ ⊖ ⊖   쾌변   회

오늘 내가 잘한 일!

좀 더 노력하자!

간식이 당길 땐 먼저 물 한 잔!
오늘도 물 한 잔의 습관을 들이려 노력한 나에게 박수를! 짝짝짝!!

날짜.

컨디션. ☺ 😐 ☹

잠든 시간.　　　　　일어난 시간.　　　　　총 수면 시간.

목표_운동.　　　　　목표_음식.

오늘
활동

오늘
운동

오늘　　아침
식단
　　　점심

　　　저녁

　　　간식

　　　물(1컵, 300ml) ∪ ∪ ∪ ∪ ∪ ∪ ∪　　영양제 ⊖⊖⊖⊖⊖　쾌변　　　회

오늘 내가 잘한 일!

좀 더 노력하자!

35일 차

과정이 즐겁고 긍정적이어야 건강한 습관을 만들 수 있어요.
결과보다는 과정! 그러니 오늘도 즐겁게! 힘차게!

날짜.

컨디션. 😊 😐 😒

잠든 시간.

일어난 시간.

총 수면 시간.

목표_운동.

목표_음식.

오늘
활동

오늘
운동

오늘
식단

아침

점심

저녁

간식

물(1컵, 300ml) ∪∪∪∪∪∪∪ 영양제 ⊖⊖⊖⊖⊖ 쾌변 회

오늘 내가 잘한 일!

좀 더 노력하자!

가장 먼저 귀 기울여야 할 것은
내 몸이 나에게 보내는 신호예요.

날짜.

컨디션. ☺ ☺ ☹

잠든 시간.

일어난 시간.

총 수면 시간.

목표_운동.

목표_음식.

오늘
활동

오늘
운동

오늘
식단

아침

점심

저녁

간식

물(1컵, 300ml) ∪ ∪ ∪ ∪ ∪ ∪ ∪   영양제 ⊖ ⊖ ⊖ ⊖ ⊖   쾌변   회

오늘 내가 잘한 일!

좀 더 노력하자!

내 인생을 바꾸는 데는
내 의지 하나면 충분해요!

날짜.

컨디션. ☺ ☺ ☹

잠든 시간.　　　　　　　일어난 시간.　　　　　　　총 수면 시간.

목표_운동.　　　　　　　　　　목표_음식.

오늘
활동

오늘
운동

오늘
식단

・아침

・점심

・저녁

・간식

물(1컵, 300ml) ⑃⑃⑃⑃⑃⑃⑃　　영양제 ⊖⊖⊖⊖⊖　　쾌변　　　　회

오늘 내가 잘한 일!

좀 더 노력하자!

10분으로 시작한 운동을 15분으로 늘려 하고 있다면, 주 1~2회 먹던 야식을 월 1~2회로 줄였다면, 간식 대신 물 한 잔을 들이켰다면 오늘도 멋지게 해내고 있는 거예요.

날짜.

컨디션. ☺ ☺ ☹

잠든 시간.　　　　일어난 시간.　　　　총 수면 시간.

목표_운동.　　　　목표_음식.

오늘
활동

오늘
운동

오늘　　· 아침
식단
　　　　· 점심

　　　　· 저녁

　　　　· 간식

물(1컵, 300ml) ⊔ ⊔ ⊔ ⊔ ⊔ ⊔ ⊔　　영양제 ⊖ ⊖ ⊖ ⊖ ⊖　　쾌변　　　　회

오늘 내가 잘한 일!

좀 더 노력하자!

39일 차

7시 이후에 먹으니 다음 날 몸이 무겁네, 달걀이나 바나나로 아침을 챙겨 먹으니 공복감이 줄어드네,
아침에 스트레칭 10분 하니 몸이 가뿐하구나, 어때요? 나만의 다이어트 방법이 쌓이고 있나요?

날짜.

컨디션. ☺ ☺ ☹

잠든 시간. 일어난 시간. 총 수면 시간.

목표_운동. 목표_음식.

오늘
활동

오늘
운동

오늘
식단

아침

점심

저녁

간식

물(1컵, 300ml) ⊔⊔⊔⊔⊔⊔⊔ 영양제 ⊖⊖⊖⊖⊖ 쾌변 회

오늘 내가 잘한 일!

좀 더 노력하자!

약속이 있어 저녁 운동을 하기 힘들 땐
점심시간이나 자투리 시간을 활용해보세요.

날짜.   컨디션. ☺ ☺ ☹

잠든 시간.   일어난 시간.   총 수면 시간.

목표_운동.   목표_음식.

오늘
활동

오늘
운동

오늘   · 아침
식단
           · 점심

           · 저녁

           · 간식

물(1컵, 300ml) ⊔ ⊔ ⊔ ⊔ ⊔ ⊔ ⊔   영양제 ⊖ ⊖ ⊖ ⊖ ⊖   쾌변   회

오늘 내가 잘한 일!

좀 더 노력하자!

41일 차

날짜.   컨디션. ☺ ☹ ☹

잠든 시간.   일어난 시간.   총 수면 시간.

목표_운동.   목표_음식.

오늘
활동

오늘
운동

오늘   · 아침
식단
         · 점심

         · 저녁

         · 간식

물(1컵, 300ml) ⊔ ⊔ ⊔ ⊔ ⊔ ⊔ ⊔   영양제 ⊖ ⊖ ⊖ ⊖ ⊖   쾌변   회

오늘 내가 잘한 일!

좀 더 노력하자!

식단은 잘 지켰지만 운동은 적게 한 날, 운동은 많이 했지만 식단을 못 지킨 날,
이런 날 저런 날이 있겠지만 멈추지만 않으면 결국은 해낼 거예요!

날짜.

컨디션. ☺ ☺ ☹

잠든 시간.　　　　　　　　일어난 시간.　　　　　　　　총 수면 시간.

목표_운동.　　　　　　　　목표_음식.

오늘
활동

오늘
운동

오늘
식단
　　• 아침

　　• 점심

　　• 저녁

　　• 간식

　　물(1컵, 300ml) ⊔⊔⊔⊔⊔⊔⊔　　영양제 ⊖⊖⊖⊖⊖　　쾌변　　　　　회

오늘 내가 잘한 일!

좀 더 노력하자!

아직 멀게만 느껴지겠지만,
차근차근 하다 보면 결국 목적지에 다다를 거예요.

날짜.

컨디션. 😊 😐 😟

잠든 시간.　　　　　　일어난 시간.　　　　　　총 수면 시간.

목표_운동.　　　　　　목표_음식.

오늘
활동

오늘
운동

오늘
식단

아침

점심

저녁

간식

물(1컵, 300ml) ∪∪∪∪∪∪∪　영양제 ⊖⊖⊖⊖⊖　쾌변　　　회

오늘 내가 잘한 일!

좀 더 노력하자!

44일 차

지금까지의 식단, 해온 운동, 활동을 다시 한 번 살펴볼까요?
어때요? 나한테 가장 효과적이고 효율적인 방법이 보이나요?

날짜.   컨디션. ☺ 😐 ☹

잠든 시간.   일어난 시간.   총 수면 시간.

목표_운동.   목표_음식.

오늘
활동

오늘
운동

오늘   아침
식단
             점심

             저녁

             간식

             물(1컵, 300ml) ∪ ∪ ∪ ∪ ∪ ∪ ∪   영양제 ⊖⊖⊖⊖⊖   쾌변   회

오늘 내가 잘한 일!

좀 더 노력하자!

45일 차

부지런히 달려온 당신, 여기까지 왔다면 절반은 성공한 거예요.
이제, 건강한 내 몸 습관을 만들어볼까요?

날짜.

컨디션. ☺ ☺ ☹

잠든 시간.   일어난 시간.   총 수면 시간.

목표_운동.   목표_음식.

오늘
활동

오늘
운동

오늘
식단   아침

            점심

            저녁

            간식

물(1컵, 300ml) ∪∪∪∪∪∪∪   영양제 ΘΘΘΘΘ   쾌변   회

오늘 내가 잘한 일!

좀 더 노력하자!

HABIT
CHECK

45일 뒤

※ 나만을 위한 다이어트 방법을 찾는 소중한 시간 보냈나요?

	Weight	Size		
45일 전		허리 :	허벅지 :	팔 :

	Weight	Size		
현재		허리 :	허벅지 :	팔 :

● 나에게 맞는 운동 방법은 어떤 것이 있는지 적어보세요.

● 나에게 맞는 식단을 구성해 적어보세요.

● Step4를 맞이하는 나에게 응원의 글을 적어보세요.

STEP 4.

다이어트가
습관이 되는
시간

46 ~ 75일
|||||||||||||||||||||

이제 본격적으로 앞으로를 책임질
건강한 습관과 함께할 시간이에요.
건강하고 가벼운 나를 만나기 위한
새로운 라이프스타일,
다이어트로 시작한 노력이
습관이 되는 놀라운 경험을 해보세요.

이제 나만의 방법을 내 몸에 스며들게 해볼까요?
부족한 부분을 보완하며, 건강한 습관을 정착시켜 봐요!

날짜.

컨디션. ☺ ☺ ☹

잠든 시간.

일어난 시간.

총 수면 시간.

목표_운동.

목표_음식.

오늘
활동

오늘
운동

오늘
식단

- 아침

- 점심

- 저녁

- 간식

물(1컵, 300ml) ∪ ∪ ∪ ∪ ∪ ∪ ∪   영양제 ⊖ ⊖ ⊖ ⊖ ⊖   쾌변   회

오늘 내가 잘한 일!

좀 더 노력하자!

반복, 반복, 또 반복, 때론 힘들겠지만
지치지만 않으면 건강과 아름다움을 선물할 거예요.

날짜.   컨디션. ☺ ☺ ☹

잠든 시간.   일어난 시간.   총 수면 시간.

목표_운동.   목표_음식.

오늘
활동

오늘
운동

오늘   · 아침
식단
              · 점심

              · 저녁

              · 간식

              물(1컵, 300ml) ⊔⊔⊔⊔⊔⊔⊔   영양제 ФФФФФ   쾌변   회

오늘 내가 잘한 일!

좀 더 노력하자!

48일차 나를 절대 배신하지 않는 것,
운동 그리고 좋은 습관!

날짜.   컨디션. ☺ ☺ ☹

잠든 시간.   일어난 시간.   총 수면 시간.

목표_운동.   목표_음식.

오늘
활동

오늘
운동

오늘
식단   아침

점심

저녁

간식

물(1컵, 300ml) ⊔⊔⊔⊔⊔⊔⊔   영양제 ⊖⊖⊖⊖⊖   쾌변   회

오늘 내가 잘한 일!

좀 더 노력하자!

자, 거울 앞에 서 볼까요? 어때요?
다시 의지가 불끈 솟아오르지 않나요?

날짜.

컨디션. 🙂 😐 😣

잠든 시간.   일어난 시간.   총 수면 시간.

목표_운동.   목표_음식.

오늘
활동

오늘
운동

오늘   아침
식단
점심

저녁

간식

물(1컵, 300ml) ⊔⊔⊔⊔⊔⊔⊔   영양제 ⊖⊖⊖⊖⊖   쾌변   회

오늘 내가 잘한 일!

좀 더 노력하자!

50일 차

벌써 50일째, 짝짝짝!! 기회가 당신의 문 앞을 서성거리고 있어요.
가볍고 멋진 나를 마주할 수 있는 기회!

날짜.   컨디션. ☺ ☺ ☹

잠든 시간.   일어난 시간.   총 수면 시간.

목표_운동.   목표_음식.

오늘
활동

오늘
운동

오늘   · 아침
식단
             · 점심

             · 저녁

             · 간식

             물(1컵, 300ml) ⊔⊔⊔⊔⊔⊔⊔   영양제 ∪∪∪∪∪   쾌변   회

오늘 내가 잘한 일!

좀 더 노력하자!

식단, 매일 하는 운동에 익숙해질 즈음 찾아오는 권태감,
이때 지치지 않는다면 곧 거울 앞에 서서 활짝 웃을 수 있을 거예요.

날짜.   컨디션. ☺ ☺ ☹

잠든 시간.   일어난 시간.   총 수면 시간.

목표_운동.   목표_음식.

오늘
활동

오늘
운동

오늘   ◦ 아침
식단
          ◦ 점심

          ◦ 저녁

          ◦ 간식

물(1컵, 300ml) ∪ ∪ ∪ ∪ ∪ ∪ ∪   영양제 ⊖⊖⊖⊖⊖   쾌변   회

오늘 내가 잘한 일!

좀 더 노력하자!

52일 차

가짜 공복감을 이기면
아름다움만 남을 거예요.

날짜.

컨디션.

잠든 시간.　　　　　일어난 시간.　　　　　총 수면 시간.

목표_운동.　　　　　목표_음식.

오늘
활동

오늘
운동

오늘
식단

　　　아침

　　　점심

　　　저녁

　　　간식

　　　물(1컵, 300ml) ⊔⊔⊔⊔⊔⊔⊔　영양제 ⊖⊖⊖⊖⊖　쾌변　　　회

오늘 내가 잘한 일!

좀 더 노력하자!

3일 차

남과의 비교는 금물!
어제의 나보다 나은 내가 되는 게 우리의 목표예요!

날짜.   컨디션. 🙂 😐 🙁

잠든 시간.   일어난 시간.   총 수면 시간.

목표_운동.   목표_음식.

오늘
활동

오늘
운동

오늘
식단   ● 아침

              ● 점심

              ● 저녁

              ● 간식

물(1컵, 300ml) ⊔ ⊔ ⊔ ⊔ ⊔ ⊔ ⊔   영양제 ⊖⊖⊖⊖⊖   쾌변   회

오늘 내가 잘한 일!

좀 더 노력하자!

54일 차

내가 만든 이 습관이,
나중에는 멋진 미래를 열어줄 거예요.

날짜.   컨디션. ☺ ☺ ☹

잠든 시간.   일어난 시간.   총 수면 시간.

목표_운동.   목표_음식.

오늘
활동

오늘
운동

오늘   · 아침
식단
             · 점심

             · 저녁

             · 간식

물(1컵, 300ml) ⊔⊔⊔⊔⊔⊔⊔   영양제 ⊖⊖⊖⊖⊖   쾌변   회

오늘 내가 잘한 일!

좀 더 노력하자!

때론 생각처럼 잘되지 않을 수도 있어요.
그럴 땐 무한한 긍정 에너지 발사!

날짜.   컨디션. 🙂 😐 😫

잠든 시간.   일어난 시간.   총 수면 시간.

목표_운동.   목표_음식.

오늘
활동

오늘
운동

오늘   ◦ 아침
식단
         ◦ 점심

         ◦ 저녁

         ◦ 간식

         물(1컵, 300ml) ⊔⊔⊔⊔⊔⊔⊔   영양제 ⊖⊖⊖⊖⊖   쾌변   회

오늘 내가 잘한 일!

좀 더 노력하자!

56일 차

알죠? 내 인생에서 무언가를 변화시킬 수 있는 사람은
나 자신뿐이라는 사실.

날짜.   컨디션. ☺ ☺ ☹

잠든 시간.   일어난 시간.   총 수면 시간.

목표 _ 운동.   목표 _ 음식.

오늘
활동

오늘
운동

오늘   ◦ 아침
식단
         ◦ 점심

         ◦ 저녁

         ◦ 간식

         물(1컵, 300ml) ⊔⊔⊔⊔⊔⊔⊔   영양제 ⊖⊖⊖⊖⊖   쾌변   회

오늘 내가 잘한 일!

좀 더 노력하자!

57일차

몸을 건강하게 지키는 건 의무예요.
오늘도 그 의무를 다한 나에게 갈채를!

날짜.

컨디션. ☺ ☺ ☹

잠든 시간.

일어난 시간.

총 수면 시간.

목표_운동.

목표_음식.

오늘
활동

오늘
운동

오늘
식단

- 아침

- 점심

- 저녁

- 간식

물(1컵, 300ml) ⊔ ⊔ ⊔ ⊔ ⊔ ⊔ ⊔   영양제 ⊖ ⊖ ⊖ ⊖ ⊖   쾌변   회

오늘 내가 잘한 일!

좀 더 노력하자!

몸과 인생이 바뀌는 최고의 방법은
바로 당신이 하고 있는 다이어트 습관 만들기입니다!

날짜.   컨디션. ☺ ☺ ☹

잠든 시간.   일어난 시간.   총 수면 시간.

목표_운동.   목표_음식.

오늘
활동

오늘
운동

오늘
식단
　　　◦ 아침

　　　◦ 점심

　　　◦ 저녁

　　　◦ 간식

물(1컵, 300ml) ∪ ∪ ∪ ∪ ∪ ∪ ∪   영양제 ⊖ ⊖ ⊖ ⊖ ⊖   쾌변   회

오늘 내가 잘한 일!

좀 더 노력하자!

습관은 다이어트의
시작이자 끝!

날짜.

컨디션. ☺ ☹ ☹

잠든 시간.　　　　　　　일어난 시간.　　　　　　　총 수면 시간.

목표_운동.　　　　　　　목표_음식.

오늘
활동

오늘
운동

오늘
식단
　　　　⦿ 아침

　　　　⦿ 점심

　　　　⦿ 저녁

　　　　⦿ 간식

　　　　물(1컵, 300ml) ⊔⊔⊔⊔⊔⊔⊔　　영양제 ⊖⊖⊖⊖⊖　　쾌변　　　　회

오늘 내가 잘한 일!

좀 더 노력하자!

오늘로 두 달째, 시작은 누구나 할 수 있죠.
당신은 끝까지 해내는 일부가 될 거예요.

날짜.

컨디션.

잠든 시간.

일어난 시간.

총 수면 시간.

목표_운동.

목표_음식.

오늘
활동

오늘
운동

오늘
식단

◦ 아침

◦ 점심

◦ 저녁

◦ 간식

물(1컵, 300ml) ⊔⊔⊔⊔⊔⊔⊔   영양제 ⊖⊖⊖⊖⊖   쾌변   회

오늘 내가 잘한 일!

좀 더 노력하자!

한 달 뒤, 포기하지 않은 스스로를 기특해할 나를 떠올리며
오늘도 파이팅!

날짜.		컨디션. ☺ ☺ ☹

잠든 시간.	일어난 시간.	총 수면 시간.

목표_운동.	목표_음식.

오늘
활동

오늘
운동

오늘
식단

● 아침

● 점심

● 저녁

● 간식

물(1컵, 300ml) ⊔⊔⊔⊔⊔⊔⊔   영양제 ӨӨӨӨӨ   쾌변   회

오늘 내가 잘한 일!

좀 더 노력하자!

어때요? 적당히 포만감이 느껴지는 균형 잡히고 가벼운 식사,
하고 나면 몸이 가뿐하고 즐거운 나만의 운동 패턴이 조금씩 자리 잡는 게 느껴지나요?

날짜.   컨디션. ☺ ☺ ☹

잠든 시간.   일어난 시간.   총 수면 시간.

목표_운동.   목표_음식.

오늘
활동

오늘
운동

오늘   ◦ 아침
식단
         ◦ 점심

         ◦ 저녁

         ◦ 간식

         물(1컵, 300ml) ⋃⋃⋃⋃⋃⋃⋃   영양제 ӨӨӨӨӨ   쾌변   회

오늘 내가 잘한 일!

좀 더 노력하자!

오늘은 평소 생활습관을 다시 한 번 점검해볼까요?
가까운 거리는 걷기, 앉은 자세 바르게 하기, 앉아서 공부하고 일할 땐 한 시간에 한 번씩 스트레칭하기!

날짜.

컨디션. ☺ ☹ ☹

잠든 시간.

일어난 시간.

총 수면 시간.

목표_운동.

목표_음식.

오늘
활동

오늘
운동

오늘
식단

◦ 아침

◦ 점심

◦ 저녁

◦ 간식

물(1컵, 300ml) ∪ ∪ ∪ ∪ ∪ ∪ ∪　　영양제 ∩ ∩ ∩ ∩ ∩　　쾌변　　　　　회

오늘 내가 잘한 일!

좀 더 노력하자!

건강한 수면습관도 필수!
오늘도 7시간은 잠에게 양보하세요.

날짜.

컨디션. ☺ ☻ ☹

잠든 시간. 일어난 시간. 총 수면 시간.

목표_운동. 목표_음식.

오늘
활동

오늘
운동

오늘
식단
- 아침
- 점심
- 저녁
- 간식

물(1컵, 300ml) ⊔⊔⊔⊔⊔⊔⊔ 영양제 ⊖⊖⊖⊖⊖ 쾌변 회

오늘 내가 잘한 일!

좀 더 노력하자!

가끔은 노력하는 자신에게 선물을 주는 것도 좋아요.
먹고 싶었던 음식이든, 평소 갖고 싶었던 물건이든. 다만 멈추지만 말아요, 우리.

날짜.

컨디션. ☺ ☺ ☹

잠든 시간.

일어난 시간.

총 수면 시간.

목표_운동.

목표_음식.

오늘
활동

오늘
운동

오늘
식단

- 아침
- 점심
- 저녁
- 간식

물(1컵, 300ml) ⊔ ⊔ ⊔ ⊔ ⊔ ⊔ ⊔   영양제 ⊖ ⊖ ⊖ ⊖ ⊖   쾌변   회

오늘 내가 잘한 일!

좀 더 노력하자!

66일 차

오늘도 지속가능한 다이어트,
건강한 내 몸 습관에 한 발짝 더 가까이!!

날짜.

컨디션. ☺ ☺ ☹

잠든 시간.

일어난 시간.

총 수면 시간.

목표_운동.

목표_음식.

오늘
활동

오늘
운동

오늘
식단

ㆍ 아침

ㆍ 점심

ㆍ 저녁

ㆍ 간식

물(1컵, 300ml) ⊔⊔⊔⊔⊔⊔⊔   영양제 ⊖⊖⊖⊖⊖   쾌변   회

오늘 내가 잘한 일!

좀 더 노력하자!

그게 나였으면 좋겠다,
거울 앞에 서면 더 당당해지는 사람.

날짜.   컨디션. ☺ ☺ ☹

잠든 시간.   일어난 시간.   총 수면 시간.

목표_운동.   목표_음식.

오늘
활동

오늘
운동

오늘   ◦ 아침
식단
            ◦ 점심

            ◦ 저녁

            ◦ 간식

물(1컵, 300ml) ⊔⊔⊔⊔⊔⊔⊔   영양제 ⊖⊖⊖⊖⊖   쾌변   회

오늘 내가 잘한 일!

좀 더 노력하자!

68일 차 가끔은 내 몸 일기를 처음 썼을 때의 다짐,
마음을 떠올려보세요.

날짜.

컨디션. ☺ ☺ ☹

잠든 시간.   일어난 시간.   총 수면 시간.

목표_운동.   목표_음식.

오늘
활동

오늘
운동

오늘   ◦ 아침
식단
            ◦ 점심

            ◦ 저녁

            ◦ 간식

물(1컵, 300ml) ⊔⊔⊔⊔⊔⊔⊔   영양제 ⊖⊖⊖⊖⊖   쾌변   회

오늘 내가 잘한 일!

좀 더 노력하자!

반복하면 습관이 된다는 말이 체감된다면,
새로운 나를 만날 날이 가까워지고 있다는 뜻이에요.

날짜.

컨디션. ☺ ☺ ☹

잠든 시간.   일어난 시간.   총 수면 시간.

목표_운동.   목표_음식.

오늘
활동

오늘
운동

오늘   · 아침
식단
             · 점심

             · 저녁

             · 간식

물(1컵, 300ml) ⊔ ⊔ ⊔ ⊔ ⊔ ⊔ ⊔   영양제 ⊖ ⊖ ⊖ ⊖ ⊖   쾌변   회

오늘 내가 잘한 일!

좀 더 노력하자!

하루 중 온전히 나에게만 집중하는 이 시간,
조금씩 익숙해지고 있나요?

날짜.

컨디션. ☺ ☺ ☺

잠든 시간.   일어난 시간.   총 수면 시간.

목표_운동.   목표_음식.

오늘
활동

오늘
운동

오늘
식단
 ○ 아침

 ○ 점심

 ○ 저녁

 ○ 간식

물(1컵, 300ml) ∪∪∪∪∪∪∪   영양제 ⊖⊖⊖⊖⊖   쾌변   회

오늘 내가 잘한 일!

좀 더 노력하자!

71일차

즐겨 먹는 건강 식단, 자투리 시간을 활용한 나만의 운동법, 내 몸이 좋아하는 운동 시간,
올바른 생활습관을 만드는 나만의 노하우… 점점 나만의 방법이 쌓이는 게 보이나요?

날짜.   컨디션. ☺ ☺ ☹

잠든 시간.   일어난 시간.   총 수면 시간.

목표_운동.   목표_음식.

오늘
활동

오늘
운동

오늘   ◦ 아침
식단
         ◦ 점심

         ◦ 저녁

         ◦ 간식

물(1컵, 300ml) ⊔⊔⊔⊔⊔⊔⊔   영양제 ㅂㅂㅂㅂㅂ   쾌변   회

오늘 내가 잘한 일!

좀 더 노력하자!

72일차

날짜.   컨디션. ☺ ☺ ☹

잠든 시간.   일어난 시간.   총 수면 시간.

목표_운동.   목표_음식.

오늘
활동

오늘
운동

오늘   아침
식단
          점심

          저녁

          간식

          물(1컵, 300ml) ∪ ∪ ∪ ∪ ∪ ∪ ∪   영양제 ⊖⊖⊖⊖⊖   쾌변   회

오늘 내가 잘한 일!

좀 더 노력하자!

73일 차 나쁜 습관과 이별할 준비를 하는 당신에게
박수를 보냅니다.

날짜.   컨디션. ☺ ☺ ☹

잠든 시간.   일어난 시간.   총 수면 시간.

목표_운동.   목표_음식.

오늘
활동

오늘
운동

오늘   아침
식단
점심

저녁

간식

물(1컵, 300ml) ∪∪∪∪∪∪∪   영양제 ⊖⊖⊖⊖⊖   쾌변   회

오늘 내가 잘한 일!

좀 더 노력하자!

이쯤 되면 불가능하다고 생각했던 것을 해내고 있는
나를 발견하게 될 거예요.

날짜.　　　　　　　　　　　　　　　컨디션. ☺ ☺ ☹

잠든 시간.　　　　　　일어난 시간.　　　　　　총 수면 시간.

목표_운동.　　　　　　　　　　목표_음식.

오늘
활동

오늘
운동

오늘
식단

　아침

　점심

　저녁

　간식

물(1컵, 300ml) ⋃⋃⋃⋃⋃⋃⋃　영양제 ⊖⊖⊖⊖⊖　쾌변　　　회

오늘 내가 잘한 일!

좀 더 노력하자!

75일 차

내 몸이 좋아하는 나만의 인생습관들을 차곡차곡 만들어온 당신,
이제 마지막 단계만 남았어요! "기대하고 고대하던 새로운 나를 만날 시간!"

날짜.　　　　　　　　　　　　　컨디션. ☺ ☺ ☹

잠든 시간.　　　　　　일어난 시간.　　　　　　총 수면 시간.

목표_운동.　　　　　　　　　목표_음식.

오늘
활동

오늘
운동

오늘　　　· 아침
식단

　　　　· 점심

　　　　· 저녁

　　　　· 간식

물(1컵, 300ml) ⊔⊔⊔⊔⊔⊔⊔　영양제 θθθθθ　쾌변　　　회

오늘 내가 잘한 일!

좀 더 노력하자!

HABIT
CHECK

75일 뒤

※ 나에게 맞는 다이어트 습관을 정착하는 소중한 시간, 잘 보냈나요?

	Weight	Size		
75일 전		허리 :	허벅지 :	팔 :

	Weight	Size		
현재		허리 :	허벅지 :	팔 :

습관을 정착하는 과정에서 어려운 점이 있었다면 적어보세요.

어려운 점을 어떻게 해결할 수 있을지 적어보세요.

두 달 반 동안 노력해온 나에게 격려의 글을 적어보세요.

STEP 5.

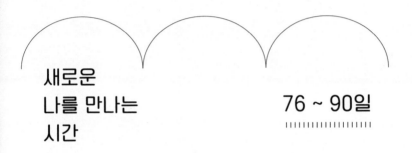

새로운
나를 만나는
시간

76 ~ 90일

이제 거의 다 왔어요!
지금까지 해왔던 습관을 유지하면서,
하루하루 놀라운 여정을 경험하는 나에게
온전히 집중해보세요.
그 끝엔 건강하고 가볍고 멋진
내가 서 있을 거예요.

76일 차

습관이 형성되면 목표는 저절로 따라오게 되어 있어요!
매일 조금씩 가벼워지는 나를 만나는 즐거움을 느껴보세요.

날짜.

컨디션. ☺ ☺ ☹

잠든 시간.

일어난 시간.

총 수면 시간.

목표_운동.

목표_음식.

오늘
활동

오늘
운동

오늘
식단

아침

점심

저녁

간식

물(1컵, 300ml) ∪ ∪ ∪ ∪ ∪ ∪ ∪   영양제 ⊖ ⊖ ⊖ ⊖ ⊖   쾌변   회

오늘 내가 잘한 일!

좀 더 노력하자!

꾸준히 쉬지 않고 달려온 당신, 한결 가벼워진 몸이 느껴지나요?
건강은 필수, 아름다움은 덤!

날짜.

컨디션. ☺ ☺ ☹

잠든 시간.

일어난 시간.

총 수면 시간.

목표_운동.

목표_음식.

오늘
활동

오늘
운동

오늘
식단

○ 아침

○ 점심

○ 저녁

○ 간식

물(1컵, 300ml) ⋃ ⋃ ⋃ ⋃ ⋃ ⋃ ⋃   영양제 ⵔ ⵔ ⵔ ⵔ ⵔ   쾌변   회

오늘 내가 잘한 일!

좀 더 노력하자!

78일 차

오늘도 내 몸을 아끼고 사랑한 나를 위해
마음으로 축배를!

날짜.

컨디션. ☺ ☺ ☹

잠든 시간.

일어난 시간.

총 수면 시간.

목표_운동.

목표_음식.

오늘
활동

오늘
운동

오늘
식단

아침

점심

저녁

간식

물(1컵, 300ml) ⊔ ⊔ ⊔ ⊔ ⊔ ⊔ ⊔   영양제 ⊖ ⊖ ⊖ ⊖ ⊖   쾌변   회

오늘 내가 잘한 일!

좀 더 노력하자!

당신은 그 무엇과도 바꿀 수 없는
평생의 자산을 축적하고 있어요.

날짜.

컨디션. ☺ ☺ ☹

잠든 시간.

일어난 시간.

총 수면 시간.

목표_운동.

목표_음식.

오늘
활동

오늘
운동

오늘
식단

· 아침

· 점심

· 저녁

· 간식

물(1컵, 300ml) ⋃⋃⋃⋃⋃⋃⋃   영양제 ⊖⊖⊖⊖⊖   쾌변   회

오늘 내가 잘한 일!

좀 더 노력하자!

80일 차

차근차근, 그동안 다져온 건강한 습관들을
오늘도 실천해보세요.

날짜.

컨디션. ☺ ☺ ☹

잠든 시간.

일어난 시간.

총 수면 시간.

목표_운동.

목표_음식.

오늘
활동

오늘
운동

오늘
식단

· 아침

· 점심

· 저녁

· 간식

물(1컵, 300ml) ⊔ ⊔ ⊔ ⊔ ⊔ ⊔ ⊔   영양제 ⊖ ⊖ ⊖ ⊖ ⊖   쾌변   회

오늘 내가 잘한 일!

좀 더 노력하자!

그간의 노력이
내 인생의 터닝포인트가 되어줄 거예요.

날짜.

컨디션. ☺ ☺ ☹

잠든 시간.　　　　일어난 시간.　　　　총 수면 시간.

목표_운동.　　　　목표_음식.

오늘
활동

오늘
운동

오늘
식단
　　　○ 아침

　　　○ 점심

　　　○ 저녁

　　　○ 간식

물(1컵, 300ml) ⊔⊔⊔⊔⊔⊔⊔　　영양제 ⊖⊖⊖⊖⊖　　쾌변　　　　회

오늘 내가 잘한 일!

좀 더 노력하자!

82일 차

긍정적인 경험이 쌓이면 자신감이 생겨요. 목표를 100% 달성하지 못했어도
건강한 습관을 형성하고 긍정적인 경험을 했으니 나에게 최고의 선물을 한 거예요.

날짜.

컨디션. 😊 😐 😖

잠든 시간.
일어난 시간.
총 수면 시간.

목표_운동.
목표_음식.

오늘
활동

오늘
운동

오늘
식단

아침

점심

저녁

간식

물(1컵, 300㎖) ∪ ∪ ∪ ∪ ∪ ∪ ∪   영양제 ФФФФ   쾌변   회

오늘 내가 잘한 일!

좀 더 노력하자!

83일 차

거울 앞에 서서 새로운 나를 보며
격려와 응원의 말을 해주세요.

날짜.

컨디션. ☺ ☺ ☹

잠든 시간.

일어난 시간.

총 수면 시간.

목표_운동.

목표_음식.

오늘
활동

오늘
운동

오늘
식단

· 아침

· 점심

· 저녁

· 간식

물(1컵, 300ml) ⊔ ⊔ ⊔ ⊔ ⊔ ⊔ ⊔   영양제 ⊖ ⊖ ⊖ ⊖ ⊖   쾌변   회

오늘 내가 잘한 일!

좀 더 노력하자!

84일 차

어제보다 건강한 나, 어제보다 가벼운 나!
나는 칭찬받아 마땅해요.

날짜.   컨디션. 😊 😐 😖

잠든 시간.   일어난 시간.   총 수면 시간.

목표_운동.   목표_음식.

오늘
활동

오늘
운동

오늘   아침
식단
            점심

            저녁

            간식

            물(1컵, 300ml) ∪∪∪∪∪∪∪   영양제 ⊖⊖⊖⊖⊖   쾌변   회

오늘 내가 잘한 일!

좀 더 노력하자!

85일 차 얼마를 뺐느냐보다 오래 유지하는 게
더 중요해요. 오늘도 파이팅!

날짜.

컨디션. ☺ ☺ ☹

잠든 시간.   일어난 시간.   총 수면 시간.

목표_운동.   목표_음식.

오늘
활동

오늘
운동

오늘   아침
식단
            점심

            저녁

            간식

            물(1컵, 300ml) ⊔ ⊔ ⊔ ⊔ ⊔ ⊔ ⊔   영양제 ⊖⊖⊖⊖⊖   쾌변   회

오늘 내가 잘한 일!

좀 더 노력하자!

86일 차

습관을 형성했다면 무리한 목표를 다시 정하기보다
감량한 체중을 유지하며 도전할 수 있는 적절한 목표를 세워보세요.

날짜.

컨디션. ☺ ☺ ☹

잠든 시간.　　　　　일어난 시간.　　　　　총 수면 시간.

목표_운동.　　　　　　목표_음식.

오늘
활동

오늘
운동

오늘
식단

- 아침

- 점심

- 저녁

- 간식

물(1컵, 300ml) ⊔⊔⊔⊔⊔⊔⊔　　영양제 ⊖⊖⊖⊖⊖　　쾌변　　　회

오늘 내가 잘한 일!

좀 더 노력하자!

세 달 전의 나와 지금의 나, 무엇이 달라졌고, 어떻게 달라졌나요?
오늘만큼은 내 의지로 이루어낸 변화를 충분히 축하하고 즐겨봐요.

날짜.   컨디션. ☺ ☺ ☹

잠든 시간.   일어난 시간.   총 수면 시간.

목표_운동.   목표_음식.

오늘
활동

오늘
운동

오늘   ◦ 아침
식단
           ◦ 점심

           ◦ 저녁

           ◦ 간식

물(1컵, 300ml) ⊔ ⊔ ⊔ ⊔ ⊔ ⊔ ⊔   영양제 ⊖⊖⊖⊖⊖   쾌변   회

오늘 내가 잘한 일!

좀 더 노력하자!

88일 차

내 몸 일기가 몇 장 안 남았네요.
끝까지 해낸 당신에게 축포를!

날짜.   컨디션. ☺ ☺ ☹

잠든 시간.   일어난 시간.   총 수면 시간.

목표_운동.   목표_음식.

오늘
활동

오늘
운동

오늘   아침
식단
          점심

          저녁

          간식

          물(1컵, 300ml) ⊔ ⊔ ⊔ ⊔ ⊔ ⊔ ⊔   영양제 ⊖⊖⊖⊖⊖   쾌변   회

오늘 내가 잘한 일!

좀 더 노력하자!

89일 차

새롭게 장착한 건강한 내 몸 습관과 함께
새로운 여정을 시작할 준비를 해볼까요?

날짜.   컨디션. ☺ 😐 ☹

잠든 시간.   일어난 시간.   총 수면 시간.

목표_운동.   목표_음식.

오늘
활동

오늘
운동

오늘   · 아침
식단
            · 점심

            · 저녁

            · 간식

            물(1컵, 300ml) ⋃⋃⋃⋃⋃⋃⋃   영양제 ⊖⊖⊖⊖⊖   쾌변   회

오늘 내가 잘한 일!

좀 더 노력하자!

새로운 여정을 향해 가면서 지칠 때, 느슨해질 때면 내 몸 일기를 펼쳐보세요!
계속할 수 있는 힘과 용기를 줄 테니까요.

날짜.

컨디션. ☺ ☺ ☺

잠든 시간.   일어난 시간.   총 수면 시간.

목표_운동.   목표_음식.

오늘
활동

오늘
운동

오늘   · 아침
식단
            · 점심

            · 저녁

            · 간식

물(1컵, 300ml) ∪∪∪∪∪∪∪   영양제 ㅂㅂㅂㅂㅂ   쾌변   회

오늘 내가 잘한 일!

좀 더 노력하자!

HABIT
CHECK

90일 뒤

❂ 새로운 나를 만나는 건강한 90일 보냈나요?

	Weight	Size		
90일 전		허리 :	허벅지 :	팔 :
현재	Weight	Size		
		허리 :	허벅지 :	팔 :

● 그간 부족한 점이 있었다면 적어보세요.

● 부족한 부분을 보완하기 위한 계획을 적어보세요.

● 새로운 나를 만난 소감과 앞으로의 각오를 적어보세요.

식사습관,
잘 만들고 있나요?

기록을 바탕으로 식사습관을 잘 실천한 날은 파랑,
보통인 날은 노랑, 잘 지키지 못한 날은 빨강으로 색칠하세요.
매일 체크한 뒤 건강한 습관 만들기를 잘 실천하고 있는지
한 달 단위로 다시 한 번 점검해보면 더욱 좋아요.

MEAL FOR MY BODY

식사습관 (한 달째)

MEAL FOR MY BODY

식사습관 (두 달째)

(1) (2) (3) (4) (5) (6) (7)

(8) (9) (10) (11) (12) (13) (14)

(15) (16) (17) (18) (19) (20) (21)

(22) (23) (24) (25) (26) (27) (28)

(29) (30) (31)

MEAL FOR MY BODY

식사습관 (세 달째)

운동습관,
잘 만들고 있나요?

기록을 바탕으로 운동습관을 잘 실천한 날은 파랑,
보통인 날은 노랑, 잘 지키지 못한 날은 빨강으로 색칠하세요.
매일 체크한 뒤 건강한 습관 만들기를 잘 실천하고 있는지
한 달 단위로 다시 한 번 점검해보면 더욱 좋아요.

WORKOUT FOR MY BODY

운동습관 (한 달째)

WORKOUT FOR MY BODY

운동습관 (두 달째)

WORKOUT FOR MY BODY

운동습관 (세 달째)

(1) (2) (3) (4) (5) (6) (7)

(8) (9) (10) (11) (12) (13) (14)

(15) (16) (17) (18) (19) (20) (21)

(22) (23) (24) (25) (26) (27) (28)

(29) (30) (31)

BUCKET LIST

그동안 노력해온 나를 위해 평소 이루고 싶었던 것들을 적어보세요.
갖고 싶은 것, 하고 싶은 일, 가고 싶은 곳 등
구체적으로 적을수록 좋아요.

지은이 **김규남**

한국체육대학교 체육학 석사 건강관리 전공.
14년 차 피트니스 콘텐츠 디렉터, 피트니스 강사.
14년 동안 식단 케어, 개인 트레이닝, 온라인 홈트레이닝 프로그램을 통해 3,000명이 넘는 수강생과 만났다. 운동과 다이어트에 대한 긍정적인 경험을 쌓게 함으로써 지속가능한 건강 관리를 하는 데 중점을 둔다. 이러한 접근 방식으로 1,000명 이상의 수강생이 다이어트뿐 아니라 운동하는 습관을 갖는 데 성공했다. 현재는 이 노하우를 바탕으로 피트니스 분야 지도자를 교육하는 강사, 온라인 홈트 1위 서비스 콰트의 홈트레이닝 콘텐츠 디렉터로 활동하고 있다. 이 책에는 그동안 활동하면서 얻은 다이어트 노하우와 다이어트 철학을 기본으로, 건강한 내 몸 습관을 갖는 데 필요한 정보들을 담았다.

· 유튜브 www.youtube.com/c/땀규남SWEATKYU
· 인스타그램 www.instagram.com/kyunam___/

現 콰트 콘텐츠 디렉터
現 대한EMS트레이닝협회(KETA) 부회장 l 대표강사
現 트레이너 발전소 교육강사
現 잡온 피트니스 멘토
前 야핏 콘텐츠 디렉터 l 대표강사
前 마이크로스튜디오 교육연구팀 팀장
前 아시아 월드짐 대치점 트레이너

내 몸 일기

1판 1쇄 발행 2021년 8월 13일
1판 3쇄 발행 2021년 9월 29일

글   김규남

펴낸이   김봉기
출판총괄   임형준
편집   이미아
디자인   로테의 책
마케팅   김보희, 정상원, 이정훈

펴낸곳   FIKA[피카]
주소   서울시 강남구 삼성동 154-11 M타워 3층
전화   02-6203-0552
팩스   02-6203-0551
이메일   fika@fikabook.io
등록   2018년 7월 6일 (제 2018-000216호)

ISBN   979-11-90299-26-8 13810